AF461536

LE TRIOMPHE
DES
ARMÉES FRANÇAISES,

PIÈCE HÉROÏQUE EN UN ACTE ET EN VERS,

ORNÉE DE COMBATS ET D'ÉVOLUTIONS MILITAIRES.

PAR M. TISSOT.

Prix, 1 franc.

A PARIS,

CHEZ { L'Auteur, rue Saint-Honoré, N°. 212.
Et les Marchands de Nouveautés

1806.

PERSONNAGES.

UN GÉNÉRAL Français.
UN GÉNÉRAL de brigade Français.
UN AIDE-DE-CAMP Français.
UN CAPITAINE Français.
UN GÉNÉRAL Bavarois.
UN AIDE-DE-CAMP Bavarois.
UN GÉNÉRAL Autrichien.
MILORD WILBROCK. } Caricatures anglaises.
ROSBIF, Négociant. }
CHARLES, Soldat Français brave militaire.
DEUX SOLDATS FRANÇAIS amis de Charles.
ALBERT, Cantinier, Bavarois bon réjoui.
JUSTINE, fille d'Albert, amante de Charles, ingénue.
ALIX, femme d'Albert, bavarde.
Plusieurs Paysans Autrichiens.
Troupes Françaises.
Prisonniers Autrichiens et Russes.
Peuple, etc.

De l'Imprimerie de LEROUGE jeune, Cour du Commerce, Maison de Rohan.

AUX ARMÉES FRANÇAISES.

BRAVES SOLDATS,

Ce n'est point un hommage que je vous fais en vous dédiant ce foible ouvrage ; c'est une dette que j'acquitte. Je ne puis mieux consacrer mes veilles qu'aux invincibles défenseurs de l'Empire, qui se sont montrés si dignes de leur auguste chef.

Daignez agréer les sentimens avec lesquels je suis de vos nobles travaux, le plus sincère admirateur.

TISSOT.

LE TRIOMPHE DES ARMÉES FRANÇAISES;

PIÈCE HÉROÏQUE EN UN ACTE ET EN VERS.

Le théâtre représente une campagne. Au fond une montagne sur laquelle on apperçoit plusieurs sentinelles françaises et autrichiennes. Au bas de la montagne, coule le Danube. A la gauche du spectateur et près de l'avant-scène, est une cantine dont on n'apperçoit que la porte et devant laquelle est une table, des bouteilles et des verres.

SCÈNE PREMIÈRE.

ALBERT, CHARLES, *et deux de ses camarades sont à table et boivent.*

ALBERT, *aux deux soldats.*

Ma foi, je ne crois pas que votre capitaine
Ait bien fait de casser.....

CHARLES, *l'interrompant.*

.... J'ai mérité la peine.
De sergent que j'étais, je redeviens soldat,
Mais sans perdre le droit de voler au combat,
Amis, qu'en ce moment d'exemple je vous serv
La discipline est une, il faut qu'elle s'observe.
A tort j'ai murmuré contre mon officier,
J'ai commis une faute, et je dois l'expier
Par ma soumission.......

UN SOLDAT.

.... Bien, bien, mon camarade.
Dans peu, j'en suis certain, on te rendra ton grad
Tu passes dans le corps pour un brave guerrier.

CHARLES.

A table, au feu, jamais je ne suis le dernier.
J'aime beaucoup le vin, mais en bon militaire,
J'en use sobrement, et le jour d'une affaire,
Un Français ne boit pas pour se donner du cœur
Il sait trouver à jeun le chemin de l'honneur.
Le meilleur stimulant est l'amour de la gloire.
Allons, trinquons, amis, buvons à la victoire.
Au bonheur de la France, à ce héros vainqueu
Au grand Napoléon, notre auguste Empereur.

(*Tous se lèvent et répètent*) :

Au grand Napoléon, notre auguste empereur !

CHARLES.

Ah! que cet heureux jour pour mon cœur a de charme
Buvons encore un coup aux succès de nos armes.

TOUS.

Allons, encore un coup aux succès de nos armes.

ALBERT (*tire Charles à part*).

Charle ?... écoute un instant. Tu connais bien mon cœur.
Tu sais que je t'estime, et sans être flatteur
Je n'ai qu'à me louer de ta bonne conduite;
Je rends également justice à ton mérite.
Rien n'échappe à ma femme. Oh! dame, elle voit clair!
Mais je désirerais que tu n'eusses pas l'air
De faire attention à son humeur maussade;
Elle s'aperçoit bien que tu n'as plus ton grade.
Elle m'en a parlé; mais moi j'ai répondu
Que dans peu j'étais sûr qu'il te serait rendu.
A ne plus te revoir qu'elle engage Justine,
Il ne faut pas, mon cher, que cela te chagrine.
Ma fille, je le sais, partage ton amour;
Vous vous payez tous deux du plus tendre retour;
J'approuve votre ardeur, et bientôt je l'espère....
Mais à la mère aussi tu dois chercher à plaire.
Un peu de patience, ou je ne promets rien.

CHARLES.

Je suivrai vos conseils....

ALBERT.

Tu t'en trouveras bien.

UN SOLDAT (*à Charles*).

Partons, il fait frais....

CHARLES.

Oui; mais malgré la froidure
Tantôt les ennemis auront chaud, je t'assure.

SCÈNE II.

Les acteurs précédens, ALIX.

ALIX (*avec humeur à Albert*).

Bravo, l'on ne saurait s'y prendre plus matin.
Oh! le chien de buveur!..Toujours le boute-en-train.

CHARLES.

Bonjour, madame Alix!....

ALIX (*d'un air fâché*).

(*à part.*)

Bonjour.... Allez au diable.

ALBERT (*plaisantant*).

N'est-il pas vrai, Messieurs, que ma femme est aimable,
Qu'elle reçoit son monde avec une amitié.....
Un air plein de douceur?.....

ALIX.

Ah! tu me fais pitié.
C'est après le travail qu'on doit manger et boire.

ALBERT.

Point de propos, mon cœur.... ou bien tu ferois croire
Que je te crains; mais non: je bois quand je le veux.

Tu parles à ton aise, ainsi tout est au mieux.
Vivons en paix, mignone... Allons, plus de querelle.

(*Il touche dans la main de sa femme.*)

CHARLES (*aux deux soldats qui sont avec lui*).
Il est temps de partir; le devoir nous appelle.
Que devons-nous ?

ALIX (*regardant les bouteilles qui sont sur la table.*)

Je vais vous le dire.

CHARLES.

Combien ?

ALBERT.

(*à part*) (*Haut*).

Je veux que la leçon soit bonne.... Il ne faut rien.
Au revoir.

CHARLES (*touchant dans la main d'Albert*).
Grand merci. (*A Alix.*) Portez-vous bien, madame.

ALIX (*avec dépit*).

Peste de la pratique !...

(*Charles et ses camarades sortent.*)

SCÈNE III.

ALBERT, ALIX.

ALBERT (*en riant*).

Eh bien ! ma pauvre femme,

Ne viens-je pas de faire une bonne action ?

ALIX.

Tu veux donc malgré moi ruiner la maison ?
Mais n'es-tu pas honteux d'une telle conduite ?

ALBERT.

La paix, Alix, la paix, ou....

ALIX.

Ton sang-froid m'irrite.

(*très-vîte.*)

Tu me connais, Albert; j'ai parfois de l'humeur,
J'en conviens : mais aussi je n'ai pas mauvais cœur.
Ce n'est pas un défaut d'être un peu ménagère;
Il est toujours permis de craindre la misère.
On a beaucoup d'amis lorsque l'on est heureux :
On n'en rencontre plus quand on a besoin d'eux.
Un bon père, un époux se doit à sa famille.
Ne faut-il pas penser à marier ta fille ?
Et comment l'établir, si tu veux régaler
Chaque jour les soldats qui viennent t'enjôler ?

ALBERT.

Ma femme, ne mets pas à bout ma patience.
Quoi ! je refuserais un peu de subsistance
A tous ces braves gens qui viennent en amis
Défendre nos foyers, et chasser du pays
Ces maudits Autrichiens ! Un Français est mon frère;
Il a par sa valeur protégé la Bavière.
Puis-je me ruiner plus agréablement !

D'ailleurs beaucoup d'entr'eux m'ont donné de l'argent.
Et si je perds un peu dans cette circonstance,
(*mettant la main sur son cœur.*)
Ayant fait mon devoir, voilà ma récompense.

ALIX.

C'est fort bien raisonné; mais il faut réfléchir,
Mon cher, on doit un peu penser à l'avenir.
Pourquoi plus gros qu'on est veut-on toujours paraître?
On ne doit jamais rien jeter par la fenêtre.
On vieillit tous les jours... et l'inconduite, hélas!...

ALBERT.

Point de phrases, Alix, je ne les aime pas.
Je veux me réjouir, et vogue la galère;
Comme moi tu devrais en faire autant, ma chère.

ALIX.

Pour gagner de l'argent on se donne du mal,
Et puis il faut aller mourir à l'hôpital.

ALBERT.

Eh! morbleu, pourquoi pas? on meurt en compagnie,
Sans qu'il en coûte rien.

ALIX.

Quelle plaisanterie!
Albert, écoute-moi; nous avons un enfant.

ALBERT.

J'ai ce qui lui convient; son établissement
Me regarde, ma femme; et son bon ami Charle...

ALIX.

Charles ! je n'entends pas que Justine lui parle ;
C'est un mauvais sujet qui fait mal son métier,
Et qui depuis long-temps devrait être officier.

ALBERT.

Charle est digne, en un mot, d'entrer dans ma famille ;
Il est brave, honnête homme, et plaît à notre fille.
Ne suis-je pas son père, ou du moins je le crois ?
Et je puis rejeter ou confirmer son choix.

ALIX.

On vient de le casser....

ALBERT.

Moi ! j'ose le défendre,
Et quoique vous disiez j'en veux faire mon gendre.

ALIX (*avec humeur*).

En ce cas agissez tout comme il vous plaira.

ALBERT.

Avant le mariage il se distinguera.
Et de mon sentiment tu seras la première.

ALIX (*se rendant à la raison*).

Si tu l'entends ainsi....

ALBERT.

Pas autrement, ma chère.

ALIX.

Je suis de ton avis, et si j'en crois mon cœur
On lui rendra son grade.

ALBERT.

Ah ! peut-être un meilleur.

ALIX.

Albert, écoute donc, tu vas vîte en affaire.

ALBERT.

Dame! comme un Français; c'est leur train ordinaire....

Ma foi, je suis content.... Puisque d'accord tous deux....

ALIX.

Je cède à tes raisons.

ALBERT.

Tu ne peux faire mieux.

Embrasse.

ALIX (*regardant derrière elle*).

Non. Je vois Justine qui s'avance.

Il ne faut pas avoir un air d'intelligence.

SCÈNE IV.

Les acteurs précédens, JUSTINE.

(JUSTINE *arrive, en tremblant, auprès de son père*).

Bonjour, mon père.... Eh bien! Charles?

ALBERT, *l'embrassant*.

Charmante enfant!

Oui, tout va bien.

(JUSTINE, *sautant gaîment au cou de sa mère*).

Bonjour! ma petite maman.

ALIX.

Comme te voilà gaie! et morguienne à l'ouvrage;

...aut beaucoup d'ardeur pour se mettre en ménage.

JUSTINE, *ingénûment.*

Je ferai comme vous, ma mère.

ALIX.

C'est fort bien.

(*très-vîte*).

Sans le travail, Justine, une femme n'est rien.
Ne parlez qu'à propos, soyez laborieuse,
Econome sur-tout, et vous serez heureuse ;
Quand on gagne sa vie, on est de bonne humeur ;
Jamais le paresseux n'a connu le bonheur !
Au sein de la misère on fait mauvais ménage,
Et qui manque d'argent manque aussi de courage.
Au milieu des plaisirs s'endort un fainéant ;
Qui s'amuse toujours, s'amuse rarement.
Le temps passe.

JUSTINE.

Je veux travailler avec zèle,
Et d'ailleurs, n'ai-je pas ma mère pour modèle ?

ALIX.

(*à son mari*).

C'est répondre à merveille... Ah ! c'est tout mon portrait !

ALBERT.

Laissez donc, laissez donc ! c'est le mien, s'il vous plaît.

ALIX.

Le fait est plus douteux.

ALBERT.

Ma femme, qu'est-ce à dire?
Je n'entends pas raison.

(ALIX, *lui frappant sur l'épaule avec amitié*).

Eh! mon dieu! c'est pour rire.

JUSTINE, *à sa mère.*

J'aimerai mon mari.

ALIX.

Quand vous en aurez un.

JUSTINE.

Les peines, les plaisirs, oui, tout sera commun!

ALIX.

Nous n'en sommes pas là... Peste, ma chère fille,
Comme vous allez vîte.

ALBERT, *à part.*

Elle est ma foi gentille!

ALIX, *à Justine.*

Débarrassez la table, et moi, je vais aussi
Tout préparer, en cas que nous sortions d'ici.

ALBERT

Je vous quitte un instant, et je reviens sur l'heure
Vous apprendre s'il faut quitter cette demeure.
Au revoir, mon enfant!

(*Il sort.*)

ALIX, *entrant dans la cantine.*

Sois bientôt de retour.

SCÈNE V.

JUSTINE *seule, débarrassant la table.*

Il paraît que ma mère approuve mon amour
(*ingénûment*).
Pour Charles... S'il venait, que je serais contente !
C'est un si bon enfant !

SCÈNE VI.

JUSTINE, CHARLES.

CHARLES, *se trouvant derrière elle.*

Que vous êtes charmante !

JUSTINE.

Eh quoi ! vous m'écoutiez ? cela n'est pas décent.

CHARLES.

Justine, pardonnez au plus heureux amant !
Rien ne s'oppose plus à mes vœux... votre mère
Vient donc de consentir....

JUSTINE.

Pas encor; mais j'espère
Qu'elle entendra raison. Cours cueillir des lauriers,
Ma main est à ce prix

CHARLES.

A nos braves guerriers
J'ose le disputer. Dissipe tes alarmes,

Je reviendrai vainqueur, j'en jure par tes charmes!
Un seul mot de ta bouche a su m'encourager ;
Ton amant n'a jamais redouté le danger ;
Et pour te mériter, ma Justine, ose croire
Que Charles va mourir ou se couvrir de gloire.

(*Il lui baise la main, et sort.*)

SCÈNE VII.

JUSTINE, *seule.*

O ciel! daigne, en ce jour, exaucer mes souhaits!
Protège mon amant, protège les Français!
Mais j'apperçois quelqu'un, courons près de ma mère.

(*Elle met les bouteilles et les verres dans la nappe, prend la table et entre dans la cantine.*)

SCÈNE VIII.

UN GÉNÉRAL FRANÇAIS, ET QUELQUES SOLDATS FRANÇAIS, UN GÉNÉRAL BAVAROIS, ET QUELQUES SOLDATS BAVAROIS.

LE GÉNÉRAL FRANÇAIS.

Général, aujourd'hui nous aurons une affaire.

LE GÉNÉRAL BAVAROIS.

Pour les braves Français c'est un succès de plus.

LE GÉNÉRAL FRANÇAIS.

Bavarois, comme nous, vous vous êtes battus.
Vous avez repoussé, d'accord avec la France,
L'Autrichien, dont souvent vous prîtes la défense.
Du destin François II éprouve la rigueur;
L'intrigue l'égara, respectons son malheur.
Les princes de son sang ne voulaient point la guerre;
Au bonheur de l'Empire, ils la trouvaient contraire.
De lâches courtisans, payés par les Anglais,
Vendent au poids de l'or leur prince et ses sujets.

LE GÉNÉRAL BAVAROIS.

Quel exemple frappant! monarque trop facile,
Dans tes vastes Etats tu n'as pas un asile!
Petit-fils des Césars tu fuis! et ton vainqueur
Redoute de t'atteindre, et retient notre ardeur.

SCÈNE IX.

(*Les acteurs précédens*, *un* AIDE-DE-CAMP *du général français*).

L'AIDE-DE-CAMP, *au général.*

D'après votre ordre, on vient d'attaquer la redoute.

LE GÉNÉRAL FRANÇAIS.

Marchons à l'ennemi. Qu'en ce jour sa déroute

(*à l'aide-de-camp, en lui remettant un paquet*).

Soit complette. Portez au quartier-général
Ces dépêches.

L'AIDE-DE-CAMP.

J'y vole.

(*Ils sortent tous trois.*)

SCÈNE X.

(*on entend quelques coups de canon*).

(*Albert arrive avec sa charrette et sa jument du côté opposé où ils sont sortis*).

Ah ! quel bruit infernal !
Justine, Alix, hola ! qu'on fasse diligence.

SCÈNE XI.

ALBERT, ALIX, JUSTINE, *sortent de la cantine.*

ALIX.

Qu'as-tu donc à crier ?

ALBERT.

Eh ! l'ennemi s'avance.
As-tu tout emballé ?

ALIX.

Ne t'inquiète pas.

ALBERT, *entrant dans la cantine.*

(*à sa femme*).
Viens m'aider à charger.

ALIX.

Grand dieu! quel embarras!
O le vilain métier ! pas un sou de recette.

(*Elle entre dans la cantine*).

ALBERT, *en dedans.*

Toi, ma Justine, reste auprès de la charrette.

JUSTINE, *tenant la bride de la jument.*

On va se battre ; hélas ! je tremble.

(ALBERT, *apportant une malle, dit à sa femme, qui le pousse par derrière*).

Doucement.
Ah ! je suis éreinté. Sais-tu que c'est pesant!

(*Il met la malle dans la charrette, et Alix y place aussi plusieurs effets qu'elle a apportés.*)

ALBERT, *à sa femme.*

Allons chercher le reste, et partons tout de suite.

(*on tire le canon*).

Entends-tu le canon ?

ALIX.

Ah ! dépêchons-nous vîte.

(Ils entrent tous les deux, et apportent le reste des effets, qu'ils placent sur la charrette.)

ALBERT.

(à Justine).

Enfin, nous voilà prêts ; monte ma femme, et toi ?

(elles montent toutes deux dans la charrette, et lui sur sa jument).

ALBERT, *fouettant sa jument.*

Aie, aie, aie, margot !

(On tire encore le canon.)

ALIX.

Ah ! je tremble d'effroi.

SCÈNE XII.

« On apperçoit sur la montagne, qui est au fond » du théâtre, les Français qui repoussent vi- » goureusement les Autrichiens et les Russes. » On entend le bruit du tambour, le cliquetis » des armes, le feu de la mousqueterie, le bruit » du canon, etc. La plus grande partie du » combat se passe derrière la toile. Toute cette » scène n'est qu'en pantomime, et on peut y » donner toute la durée qu'on jugera conve- » nable ».

SCÈNE XIII.

Le général bavarois, son aide-de-camp et plusieurs soldats tant français que bavarois, amènent plusieurs prisonniers, parmi lesquels il y a un général autrichien, milord VVilbrock, Rosbif, négociant anglais.

ROSBIF.

Goddem !

LE GÉNÉRAL AUTRICHIEN.

Eh bien ! milord ?

MILORD WILBROCK.

C'est incompréhensible !

LE GÉNÉRAL AUTRICHIEN.

Vous avez vu de près cette armée invincible ;
Qu'en dites-vous ?

ROSBIF.

Goddem !

MILORD WILBROCK.

Ma foi, ce n'est pas clair.
Ces diables dé Français, ils vont un train d'enfer.

LE GÉNÉRAL BAVAROIS, *à Milord.*

Mais, vous êtes pourtant les auteurs de la guerre,
Et c'est votre bonheur d'ensanglanter la terre.
Le peuple anglais toujours se montre l'agresseur ;

Cependant des Français il connaît la valeur.

ROSBIF.

Goddem ! goddem !

MILORD.

Jé suis d'uné vérité franche.

Moi, jé crains beaucoup fort qu'il né passe lé Manche.

Nos milices, jé crois, n'auraient pas lé dessus;

Nous haïr les Français, mais les craindre encor plus.

LE GÉNÉRAL AUTRICHIEN.

Votre chambre des pairs et celle des communes
Devraient au moins prévoir toutes vos infortunes;
Et ne pas attirer sur votre nation
Les fléaux de la guerre.

MILORD.

Ah! vous avez raison.

ROSBIF.

Goddem!

MILORD.

Ça m'est venu plusieurs fois dans lé tête;
Et comment éviter cette horrible tempête ?
On sait qué pour dé l'or chaque membre sé vend
A l'enchère sur-tout, car c'est au plus offrant.
Ce maudit Pitt!

ROSBIF.

Goddem!

LE GÉNÉRAL BAVAROIS.

Voyez son impuissance !
Rien ne peut balancer les destins de la France.
Un soldat empereur, un empereur soldat,
Qui se trouve toujours le premier au combat.
Aussi prompts que l'éclair (comme par un prodige)
Des bataillons français de la Manche à l'Adige
Volent avec ardeur. Les ennemis confus
De leur aspect subit sont à demi-vaincus.
Et sur un autre point, on voit leur grande armée
S'avancer promptement sur l'Autriche alarmée,
Demandant à ses chefs le signal des combats.
(Qui prétendrait jamais vaincre de tels soldats ?)
Rien ne peut résister à leur valeur guerrière ;
Le Danube n'est plus qu'une faible barrière,
Et ce fleuve souvent, témoin de leurs exploits,
Les porte avec respect, orgueilleux de leur poids !

ROSBIF.

Goddem !

MILORD WILBROCK.

Traître de Pitt ! tu veux notre ruine !

LE GÉNÉRAL AUTRICHIEN.

O ciel ! fais que dans peu la guerre se termine !

ROSBIF.

Ah ! goddem !

MILORD, *au général autrichien.*

Vous pouvez réprendre lé déssus.
Et démain les vainquours peuvent être vaincus.

LE GÉNÉRAL BAVAROIS.

Mais le Français n'est pas un soldat ordinaire ;
Il vous l'a bien prouvé dans mainte et mainte affaire.
Excédé de fatigue, et pressé par la faim,
Il n'en est que plus grand les armes à la main.
Le blessé ne croit pas avoir payé sa dette ;
Son intrépidité rend sa douleur muette.
Atteint d'un plomb brûlant, il redouble d'ardeur ;
Jusqu'au dernier soupir, il reste au champ d'honneur.

MILORD, *au général autrichien.*

Vous avez en soldats une égale ressource.

LE GÉNÉRAL AUTRICHIEN.

Les Français vont au feu comme vous à la course.
Quand leur force épuisée a trahi leur valeur,
Et qu'on les voit tomber sous le fer du vainqueur,
Ils meurent en héros ; et leur mâle courage
Fait pâlir nos soldats. Au milieu du carnage
Tous ces braves guerriers, qu'on ne peut qu'admirer,
Intimident encore au moment d'expirer.

SCÈNE XIV.

Les acteurs précédens, UN GÉNÉRAL FRANÇAIS, UN GÉNÉRAL DE BRIGADE FRANÇAIS, UN AIDE-DE-CAMP.

L'AIDE-DE-CAMP, *au général.*

Eh bien, mon général! victoire sur victoire.

LE GÉNÉRAL.

Avec notre Empereur on acquiert de la gloire.
Le Français sur le Rhin porte à peine ses pas,
Qu'un fidèle allié recouvre ses Etats.
Malgré les vents, la neige, à travers les montagnes
Nos braves en un mois ont fait trente campagnes
A leur tête toujours j'ai combattu comme eux,
Et je suis étonné de nos faits glorieux.
Un jour on traitera de fable notre histoire.
Nos neveux croiront-ils ce que j'ai peine à croire

ROSBIF.

Ah! goddem!

MILORD WILBROCK.

C'est terrible!

LE GÉNÉRAL AUTRICHIEN.

Et pourquoi les Françai
Obtiennent-ils toujours de rapides succès?

LE GÉNÉRAL DE BRIGADE FRANÇAIS.

Si vous voulez, monsieur, je vais vous en convaincre
D'un seul mot.

LE GÉNÉRAL AUTRICHIEN.

Quel est-il ?

LE GÉNÉRAL DE BRIGADE.

L'habitude de vaincre.

LE GÉNÉRAL.

L'Empereur des Français, en pacificateur,
N'a fait que se venger d'un injuste agresseur.
Le sang qui coule, hélas ! le pénètre et le touche,
Et sur les remparts d'*Ulm*, j'entendis de sa bouche :
« Généraux autrichiens, je ne sais vraiment pas *
» Ni ce qu'on veut de moi, ni pourquoi je me bats.
» Votre maître a voulu me déclarer la guerre ;
» Croyait-il que j'étais fatigué de la faire ?
» Que sur le trône assis, je pouvais oublier
» La gloire des Français et mon premier métier.
» Dites à votre roi qu'une paix très-prochaine
» Peut seule encor sauver la maison de Lorraine.
» Sire, dit alors *Mack*, elle voulait la paix ;
» Elle en avait besoin ainsi que ses sujets.
» La Russie a tout fait dans cette circonstance ».
« L'Allemagne, en ce cas, n'est plus une puissance,

---

* L'Auteur a conservé les propres paroles de l'Empereur. (*Voyez le premier Bulletin de la Grande Armée*).

» Répondit aussitôt notre auguste Empereur,
» Dont l'esprit, le génie, égalent la valeur.
» Je n'en veux qu'à l'Anglais, ajouta-t-il encore;
» Mon pavillon m'est cher, j'exige qu'on l'honore.
» J'ai besoin de commerce, et je veux des vaisseaux;
» Je ne reconnais point ces Neptunes nouveaux.
» Je prétends recouvrer toutes mes colonies,
» Et qu'à la métropole elles soient réunies.
» C'est mon unique but, l'objet de tous mes vœux;
» Ce projet, comme à moi, vous est avantageux.
» Non, sur le continent je ne veux rien. La guerre,
» Malgré moi, va pourtant ensanglanter la terre.
» Le ciel sait à son gré régler notre destin,
» Et votre dynastie est peut-être à sa fin.
» Que cette idée affreuse apprenne à votre maître
» A ménager son peuple ainsi qu'à me connaître ».

LE GÉNÉRAL AUTRICHIEN.

On ne peut pas toujours obtenir des succès.

LE GÉNÉRAL FRANÇAIS.

Je les crois permanens pour les soldats français.
Notre auguste Empereur, ce fils de la victoire,
Répand sur tous nos rangs un rayon de sa gloire
Son aigle a parcouru vos bataillons épars,
Et de mes yeux j'ai vu fuir celle des Césars!

LE GÉNÉRAL BAVAROIS.

Il se montre en tous lieux, et par-tout intrépide,

Chaque soldat en lui voit un nouvel Alcide ;
Il promet la victoire ; elle vole à sa voix :
Chaque jour est marqué par de nouveaux exploits.
Ce héros fait la paix aussitôt que la guerre,
Et c'est avec regret qu'il lance son tonnerre.

ROSBIF.

Ah ! goddem !

MILORD WILBROCK.

Les succès né durent pas toujours.

LE GÉNERAL, *à Milord.*

Est-ce vous qui viendrez en arrêter le cours ?
De l'Angleterre, enfin, quelle est la politique ?
Pour la France toujours elle fut tyrannique.
Flatte-t-elle un parti qu'elle a l'air d'embrasser ?
C'est pour le perdre un jour et mieux le terrasser.
Quiberon ! Quiberon ! trop fatale journée !
Infortunés marins !.... ah ! quelle destinée !
Vous étiez égarés, mais vous étiez Français,
Et vous avez des droits à nos justes regrets.
Mânes, appaisez-vous. Oui, bientôt la vengeance
Atteindra vos bourreaux, qu'ils pâlissent d'avance.
Nous saurons nous venger d'un cabinet pervers
Qui veut en souverain régner seul sur les mers.
Qui par de vils moyens agrandit sa puissance
Erigeant la rapine et le meurtre en vaillance.
Qui se joue à la fois, des traités, des sermens :
Qu'il redoute nos coups, s'il en est encor tems.

A quoi peut lui servir sa conduite arrogante ?
Un coup de vent suffit pour faire la descente.
Qu'il prodigue son or pour sauver ses Etats,
Les trésors d'Albion valent-ils nos soldats ?
D'un vainqueur irrité l'Anglais a tout à craindre.
Pourrait-il réclamer les lois qu'il ose enfreindre ?

ROSBIF.

Ah ! goddem !.....

MILORD WILBROCK.

...... Votré maître est un homme étonnant,
Jé commence à né plus douter dé son talent.
Contré nous jé lé sais il a dé lé rancune
Jé lé crains, car il est lé fils dé lé fortune.

LE GÉNÉRAL.

Dans les tems reculés c'est parmi les soldats,
Qu'on a toujours choisi les premiers potentats.
On ne connaissait point les titres, la naissance ;
Ils furent distingués par leur seule vaillance.
Tout a changé depuis. Les fils des premiers rois
Ont cru qu'à la couronne ils avaient tous les droits.
Prétendant hériter du sceptre de leurs pères,
Sans avoir pour régner les talens nécessaires.
Mais qui peut arrêter les destins ennemis?
Que de rois détrônés par leurs frères, leurs fils !
O crimes ! ô forfaits ! on a peine à les croire !....
Ils ont ensanglanté les pages de l'histoire.
Notre gouvernement près de périr au port,

Trouva pour le sauver un pilote assez fort;
Et ce libérateur, sans détrôner personne,
D'un peuple magnanime a reçu la couronne.

SCÈNE QUINZIÈME.

LES ACTEURS PRÉCÉDENS, CHARLES, *et son capitaine, amenant quelques prisonniers russes.*

LE CAPITAINE.

Voici des prisonniers.......

LE GÉNÉRAL.

...... Des Russes!.. C'est fort bien.

Au général autrichien.

Comme ils ont ravagé le pays autrichien!

LE CAPITAINE.

Général, en chargeant avec ma compagnie
Les Cosaques: c'est lui (*en montrant Charles*), qui m'a sauvé la vie.
C'est le meilleur soldat de notre régiment.

LE GÉNÉRAL.

Capitaine, j'ai cru que Charle était sergent.

LE CAPITAINE.

Oui, général.... C'est moi.....

LE GÉNÉRAL.

.... Qu'on lui rende son grade.

LE CAPITAINE, *saute au cou de Charles, et lui attache ses galons.*

Reçois-le de ma main, ô mon cher camarade.

LE GÉNÉRAL, *à Charles.*

Je te présenterai demain à l'Empereur,
De lui tu recevras aussi la croix d'honneur.
O campagne étonnante! ô destins de la France!
De si brillans succès passent notre espérance.
Il est tems de penser à la tranquillité,
Au bonheur de l'Empire, à sa prospérité.
Il faut qu'en ce moment l'opinion soit une,
Tout doit se rallier à la cause commune.
Méprisons l'alarmiste et ces diseurs de rien,
Qui centuplent le mal sans jamais croire au bien.

SCÈNE SEIZIÈME.

LES ACTEURS PRÉCÉDENS, *plusieurs paysans autrichiens.*

UN PAYSAN AUTRICHIEN.

Mousieur le général, dissipez nos alarmes
Quoique vos ennemis, nous craignons moins vos armes

Que l'arrivée, hélas ! des cohortes du Nord
Qui viennent aggraver notre malheureux sort.
Loin de nous protéger, ces farouches Cosaques
Dirigent contre nous leurs funestes attaques.
Ils ne respectent pas le droit sacré des gens,
Ils pillent nos maisons, massacrent nos enfans.
Le frère est égorgé dans les bras de son frère,
La fille va mourir sur le sein de sa mère.
Ah ! faut-il de la guerre essuyer les fléaux,
Et de ses alliés craindre de plus grands maux !
Ayez pitié de nous..... peut-être je m'égare...
Délivrez-nous, ô ciel ! de ce peuple barbare.
Nous aurions dû l'aimer, mais il se fait haïr,
Et vous, quoique ennemis, vous vous faites bénir.

LE GÉNÉRAL.

Pourquoi faut-il, hélas ! qu'un peuple soit victime,
Des fautes de son roi. Le Français magnanime
A dispersé le Russe ; il quitte vos climats,
Ne redoutez plus rien. Tous nos braves soldats
Sauront vous respecter. Comptez sur mon armée.
Que l'Autriche en ce jour cesse d'être alarmée.
Reprenez vos travaux, oubliez vos chagrins,
Nous sommes des vainqueurs et non des assassins.

SCÈNE DIX-SEPTIÈME.

Les acteurs précédens, *un* AIDE-DE-CAMP, ALBERT, ALIX, JUSTINE.

L'AIDE-DE-CAMP, *au général.*

Sur Olmulz notre armée en ce moment s'avance,

ROSBIF.

Goddem !.......

MILORD.

.....C'est surprenant !.. je perds toute espérance !

LE GÉNÉRAL.

D'un sublime génie invincible pouvoir !
Français, votre Empereur a-t-il fait son devoir ?

ROSBIF.

Goddem !

ALIX (*dans un transport de joie*).

Où donc est-il, où donc est-il, mon Charle ?
Il faut que je le voie, il faut que je lui parle,
Que je l'embrasse enfin.....

ALBERT.

Le voilà.

ALIX.

Quel bonheur !

(*à son mari*)

On m'a dit qu'il avait gagné la croix d'honneur.
h mon dieu! quel renom pour toute une famille!
Charles, mon bon ami, je te donne ma fille;
u l'as bien méritée; enfin elle est à toi.
Monsieur le général, de grâce, excusez-moi
Dans un moment pareil.

LE GÉNÉRAL.

Ne craignez rien, ma chère.
ous me faites plaisir; vous êtes bonne mère,
'en suis bien convaincu.

ALIX.

Que j'aime les Français!

LE GÉNÉRAL.

e la noce je veux faire aussi tous les frais.

ALBERT.

h! vous êtes trop bon!

ALIX (*à son mari.*)

C'est à moi qu'il s'adresse.

LE GÉNÉRAL.

oint de remercîmens; comptez sur ma promesse.
a, poursuis ta carrière, ô grand Napoléon!
ne te reste plus qu'à punir Albion.

ROSBIF.

oddem!.....

LE GÉNÉRAL.

Le temps approche......

MILORD.

Ah ! j'en tremble d'avance

LE GÉNÉRAL.

Oui, votre perfidie aura sa récompense.
Tout commence et finit dans ce vaste univers ;
Les plus belles cités deviennent des déserts.
Non, rien n'est immuable, excepté l'existence
Du Dieu qui nous créa par sa toute-puissance.
Tout ce que nous voyons sous la voûte du ciel
Se détruit ou varie au gré de l'Eternel.

SCÈNE XVIII.

Les acteurs précédens, UN AIDE-DE-CAMP.

L'AIDE-DE-CAMP, *au général.*

Je viens vous annoncer une grande victoire ;
Près de Brünn, les Français se sont couverts de gloire !
Bataille d'Austerlitz, (ou des trois Empereurs !)
A la postérité passeront les vainqueurs !
Le héros des Français simule une retraite ;
De l'ennemi sa ruse assure la défaite.
Que peuvent contre lui ses efforts impuissans ?
En simple canonnier il traverse les rangs,
Puis ensuite, passant sur le front de bandière,

Il dit à ses soldats, pleins d'une ardeur guerrière ;
« Le Russe veut tourner ma droite. Eh bien! je voi
» Qu'il faut le prendre en flanc, et l'armée est à moi;
» Que la campagne, enfin, par un coup de tonnerre
» Finisse. Confondons l'orgueil de l'Angleterre ».
De la cavalerie, alors le commandant,
Général invincible, avance en attaquant ;
En échelons la gauche, intrépide milice,
Marche par régimens ainsi qu'à l'exercice.
L'airain tonne aussitôt; il obscurcit les cieux:
Deux cent mille guerriers faisaient un bruit affreux.
De l'ennemi la gauche en une heure est coupée;
Sur Austerlitz sa droite arrive enveloppée.
L'empereur Alexandre, à sa garde d'honneur,
Ordonne d'attaquer.... Prodige de valeur!
Protégeant notre droite on voit nos invincibles.
Les deux gardes alors valeureuses, terribles,
S'élancent à l'instant pour en venir aux mains;
Mais pour nous les succès ne sont pas incertains.
Le Russe en un moment fut en pleine déroute
Bagages et caissons, étendards et redoute,
Tout lui fut enlevé. Pressés par nos héros,
Vingt mille hommes armés périssent dans les flots.
L'entreprise d'un chef habile, inimitable,
Rendra cette journée à jamais mémorable!
Alexandre, César, votre digne rival,
Au combat d'Austerlitz a fait plus qu'Annibal! *

* On compare la bataille d'Austerlitz, ou des trois Empe-

SÈCNE XIX, *et dernière.*

(*Les acteurs précédens*, UN AIDE-DE-CAMP *apportant des dépêches du quartier-général*).

LE GÉNÉRAL, *après avoir lu.*

C'est la paix! c'est la paix ! O bonheur de la terre !
Pour t'obtenir à peine avons-nous fait la guerre.
Mais l'Empereur promit à ses braves guerriers
Qu'ils se reposeraient bientôt sur leurs lauriers;
Il a tenu parole : et pour lui les obstacles
Ne sont rien. Ce héros opère des miracles.
Tout ce qu'on voit de lui paraît surnaturel;
Il est par son génie au-dessus d'un mortel.
Il nous donne la paix, c'est plus qu'une victoire;
Ah ! joignons l'olivier aux palmes de la gloire.
Vive, vive à jamais l'Empereur des Français !
Vive NAPOLÉON ! vive, vive la paix !

(*Grand roulement*, *marches*, *évolutions militaires*, *divertissement.*)

reurs, à celles de Cannes, où Annibal défit entièrement les Romains, en simulant également une retraite.

FIN.

www.ingramcontent.com/pod-product-compliance
Ingram Content Group UK Ltd.
Pitfield, Milton Keynes, MK11 3LW, UK
UKHW021040180726
13838UKWH00004B/1926

9 782329 349480